衛斯理系列 少年版

老貓

作者：衛斯理
文字整理：耿啟文
繪畫：余遠鍠

老少咸宜的新作

寫了幾十年的小說，從來沒想過讀者的年齡層，直到出版社提出可以有少年版，才猛然省起，讀者年齡不同，對文字的理解和接受能力，也有所不同，確然可以將少年作特定對象而寫作。然本人年邁力衰，且不是所長，就由出版社籌劃。經蘇惠良老總精心處理，少年版面世。讀畢，大是嘆服，豈止少年，直頭老少咸宜，舊文新生，妙不可言，樂為之序。

倪匡　2018.10.11　香港

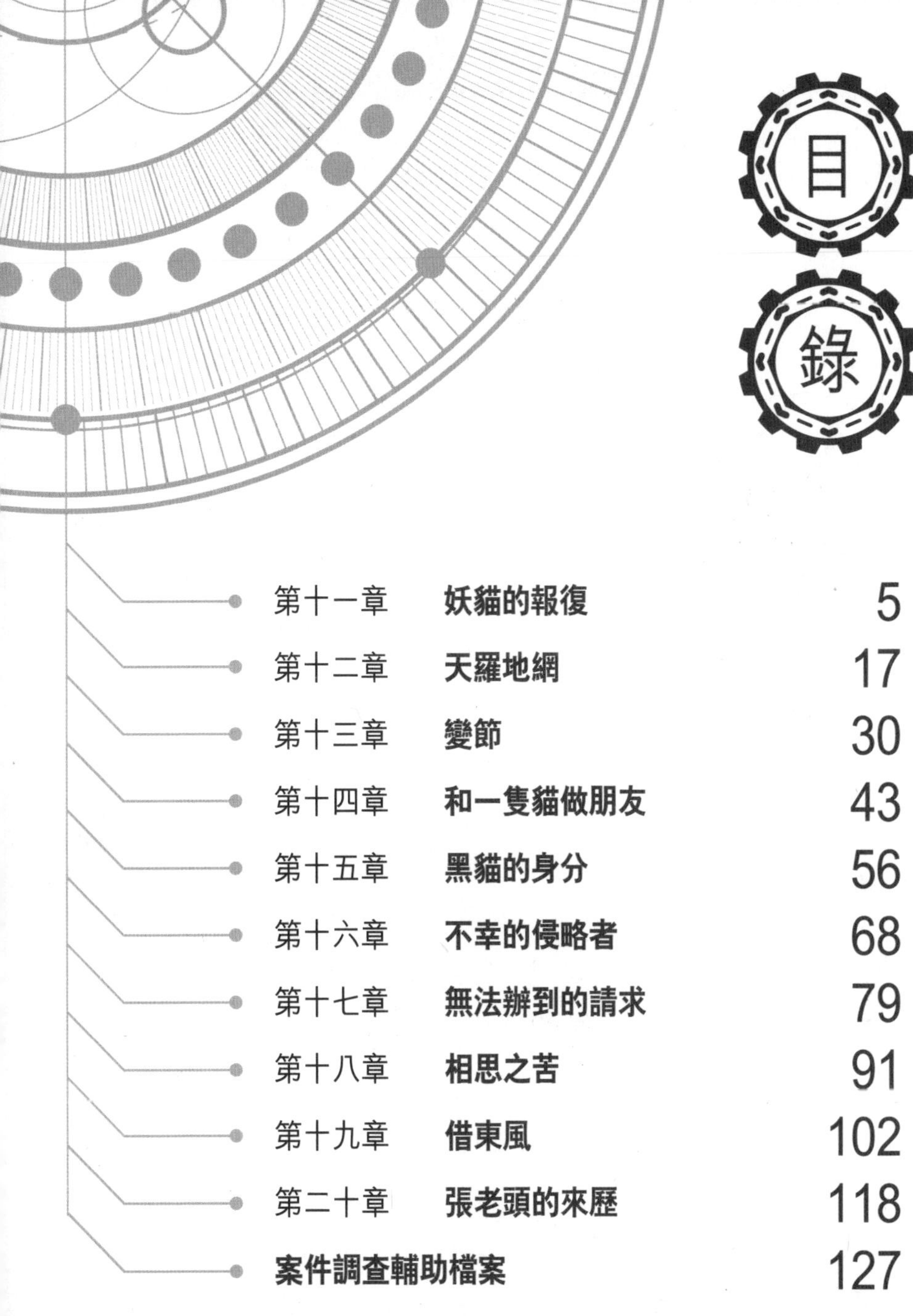

目錄

主要登場角色

衛斯理

老黑貓

張老頭

洋人獸醫

白素

秘書小姐

第十一章

妖貓的報復

「太荒誕了，**那不可能！**」當化驗所所長說那黑貓已有三千歲的時候，我不禁叫了起來。儘管我遇見過不少奇人奇事，但說到一隻貓有**三千歲**壽命，我還是難以置信。

「我也覺得不可能，但是又無法***推翻***觀察結果，所以才請你來討論一下。」所長說。

「還有其他發現嗎？」我問。

「其他的發現很平常，證實那是一頭**埃及貓**，而你知道，貓正是由埃及發源的。」所長頓了一頓，然後提出請求：「如果有機會的話，我想看看這一頭貓，那些專家們也想對牠作詳細研究。」

我**嘆了一口氣**：「我也想找到牠。」

當我走出化驗所的時候，發現天已經亮了，一日之計在於晨，今天第一件要做的事，就是去找那頭三千歲的老黑貓。

要在一個大城市中找到一頭貓，不是一件容易的事，幸好，這個社會關心貓狗的人眾多，丟失貓狗有如丟失小孩，是大家都會竭力幫忙的事，令我對找到那頭老黑貓回復了些信心。

當下我馬上寫了一則尋貓啟事，當然，我不會描述牠是一隻三千歲的老黑貓，剛剛跟惡犬搏鬥而失去了尾巴，現在要找牠拿去研究；而是發揮創意，把大黑貓描寫得非常可憐，剛出生就被人遺棄，幸得我撿回家收養，一起生活了十多年，猶如至親，可惜幾日前遇到車禍，折斷了尾巴，如今更失蹤了。

但我這時才發現手頭上沒有那黑貓的照片，雖然遇見過牠好幾次，但居然從沒有一次拿起手機拍下牠，實在失策。如今只好把牠的尾巴照片附於啟事上，加強**震撼力**。

然後，我委託專門貼街招的公司印了二千張，於老布跟黑貓大戰的地點計起十公里範圍內隨處張貼。

接着的幾天，我出乎意料地接到了許多人的來電，但沒有一個是真正找到老黑貓的，他們不是來電安慰開解我，就是跟我分享養貓經驗。

幸好，我留下的也並非私人電話，而是特意購買的儲值卡號碼。我接了十多通「熱心人士」的來電後，便決定把電話轉駁到公司去，讓秘書小姐幫我處理。然後，我走到街上散散步，放鬆一下。

我一面散步，一面想着還有什麼方法能查出那老黑貓和張老頭的下落，忽然就想起了獸醫院。因為老黑貓受了如此**重傷**，不論是張老頭還是其他熱心人士發現了牠，也必定會把牠送到獸醫院救治的。

於是，我立刻驅車前往上次老布入住的獸醫院，那是本市**最好**的一家獸醫院了，所以老黑貓被送來這裏的機會最大。

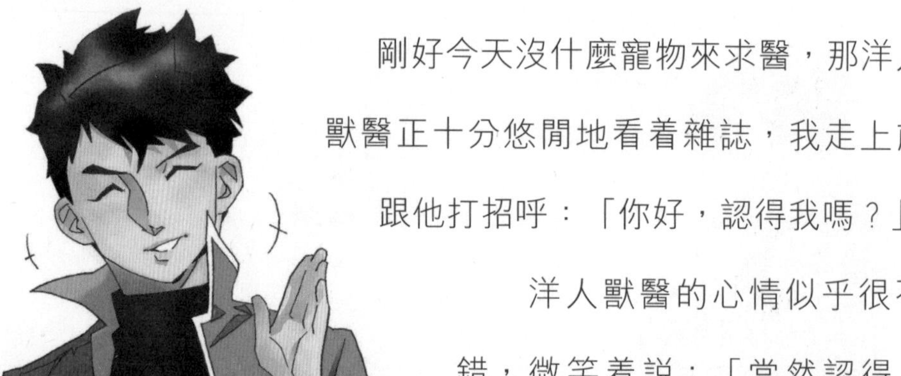

剛好今天沒什麼寵物來求醫，那洋人獸醫正十分悠閒地看着雜誌，我走上前跟他打招呼：「你好，認得我嗎？」

洋人獸醫的心情似乎很不錯，微笑着説：「當然認得，衛先生，來這裏有什麼事嗎？老布早已經出院回家了。」

我在獸醫院裏東張西望，看看有沒有老黑貓的**蹤影**，「我知道，我正在找一隻貓。」

「**你丟失了貓嗎？是什麼貓？**」獸醫的語氣開始不友善。

「你們最近有沒有接收過一頭斷了尾巴的老黑貓？」我問。

只見獸醫馬上臉色一沉，把手中的雜誌**捲**成棒狀，大大力打在桌上，向我怒罵：「你到底是什麼人啊！怎麼跟你有關的動物不是重傷就是斷尾？你就是個**動物剋星**啊！」

我見他的情緒變得很激動，好像想把我吞了一樣，便連忙說：「不好意思，打擾了！」然後**匆匆**轉身離開。

本市還有好幾家獸醫院，我決定把這件**苦差**也交給秘書小姐，讓她逐一打電話去查詢。那真是辛苦她了，只希望她明天不會遞上辭職信吧。

晚上，我和白素在外面用餐，由於離家不遠，飯後我們牽着手漫步回家。

走了十多分鐘，還有兩百碼左右就回到家的時候，我忽然停了下來，疑惑地問：「**你感覺到嗎？**」

白素呆了一呆：「感覺到什麼？」

我有點緊張地說：「好像有人躲在**黑暗**中望着我們！」

白素也是個感覺敏鋭的人，聽我這樣一說，她馬上也有同感，微微點了點頭。

可是，這麼晚的時間，到底誰會**跟蹤**我們呢？難道是秘書小姐忍受不了我今天給她的工作，

急不及待要來向我請辭？或是那些看到尋貓啟事的人，熱心到要親自來安慰我？還是那洋人獸醫壓抑不住對我的憤恨，要來消滅我，為貓狗除害？

不過，這些似乎都有點牽強，最大可能還是賊匪，或者是不知什麼時候結下的仇家。

白素和我的腳步慢了下來，我低聲道：「**小心，可能會有人向我們襲擊。**」

我們向前走着，已經可以看到家門了，可愈是接近家門口，那種被人在**暗中監視**的

感覺愈強烈。但四周依然靜得出奇，一個人也沒有。

我和白素都十分緊張，終於到了門口，我取出**鑰匙**來。

就在我要將鑰匙插進鎖孔之際，忽然聽到白素大叫:

「**小心！**」

那真是不到百分之一秒之間的事，白素才一叫，我便感覺到半空中有**一團東西**，向着我的頭頂直**撲**了下來。

而就在那一剎那間，白素一面叫，一面揚起她的手袋打在那團東西上。

那團東西發出了一下可怕的叫聲，我聽到了便恍然大悟，偷襲者正是那頭老黑貓！

我回首一瞥，看清了那頭貓，牠那雙暗綠的眼睛，閃着一種**妖光**。

白素的手袋擊中了牠，牠的身子在半空中**翻騰**着，但利爪還是在我的肩頭上抓了一下，使我感到一陣**劇痛**。我立時飛起一腳，踢在牠的身上，牠再發出了一下怪叫聲，滾了開去，在黑暗中消失了。

這一切加起來，只怕還不到十秒鐘，我只感到肩膊疼痛不已，白素驚叫起來：「**你流血了！**」

第十二章
天羅地網

白素急忙開門進屋為我療傷。我脫了上衣，只見肩頭上不停流着血，傷痕約有四吋長，還好入肉不是太深，但也夠痛的了。

白素替我用消毒藥水清洗傷口，包紮起來，滿面愁容地說：「我看你要到醫院去。」

堂堂衛斯理被貓抓了一下，還要進醫院，未免有點丟臉，我推卻說：「不至於那麼嚴重吧！」

白素卻堅持道：「一定要去！」

雖然從沒見過貓爪有毒的記載，但我也明白那是一頭異乎尋常的怪貓，誰知道牠的爪上有些什麼？為安全計，我的確應該到醫院去，接受一些防疫注射。

我還未開口答應，白素已經強行把我拉上車，開車送我去醫院。她一面駕着車，一面提醒我：「牠既然能找到你，一定不會只抓一下就罷休！」

我笑了起來：「是麼？那牠還想怎樣？難道想將我抓死？」

白素皺起了眉不説話。

到了醫院，我接受了幾種注射，醫生檢查了我的傷口，發現還未完全止血，便讓我留院觀察一晚，白素陪伴在側。

第二天早上，傷口已止血了，我們離開醫院，正想開車回家的時候，公司一名員工打電話給我，説公司出事情了，着我回去看一下。我追問他是什麼事，他卻好像嘔吐大作，説不清楚。

我不想妨礙白素休息，便讓她先駕車回家洗澡睡覺，我自己坐的士去公司看看。

我到達公司所在的商業大廈，乘電梯到我們那樓層，一步出電梯，就聞到極刺鼻的惡臭味。三名員工站在辦公室門外，緊緊地掩着鼻子，不敢進去。

「發生什麼事？」我也掩着鼻子，驚訝地問。

「不知道啊，我們一回來就聞到這氣味，已經報警了。」

那是一種屍體**發臭**的氣味，我發現秘書小姐不在場，疑惑地問：「蔡小姐呢？」

他們搖搖頭：「今天沒見過她啊。」

我心想，她不會因為工作壓力太大而在公司裏**自殺**吧？

我正想進去看看的時候，警察也來到了，大家便一起進入辦公室查看，發現內裏**遍地屍骸**，嚇得目瞪口呆。

不過，那不是人類的屍骸，而是老鼠屍骸。地毯上、辦公桌上、椅子上、文件櫃裏、抽屜裏、假天花裏，反正到處都能看見**死老鼠**。

「怎麼會這樣？」我震驚地叫了出來。

「我們也想問，怎麼會這樣？」警察也很疑惑，「你們這裏是食物倉庫嗎？」

我仔細看了一下那些老鼠屍體，發現全部身上都有極深的傷痕，好像被鋒利的武器剖開了一樣，令我想起那老黑貓的貓爪，不禁暗叫：「**是牠！**」

這時候，白素打電話給我，語氣非常**激動**，說我們的家沒了，嚇得我馬上把公司的事交給職員處理，連忙打車回家。

我一推開家門，看到客廳中的情形，不禁發出了一下**怒吼聲**——這是任何人看到了自己的家遭到這樣卑鄙而徹底的破壞後，必然產生的反應。

白素木然地站在一角，憂愁地說：「**我早就猜到牠會再來。**」

只見客廳中所有可以撕開的東西都被撕爛，桌布、沙發的皮、窗簾，都變成了布條，甚至連地毯也被**撕裂**了。

牆上掛着的字畫變成了碎片，當中不少還好像被咀嚼過。

所有可以打碎的東西大多都**粉碎**了，甚至是那張大理石面的小圓桌，上面也佈滿一條條**抓痕**，石屑散落在桌面和地上。

如果說這樣的破壞是一頭貓所造成的，這實在是令人難以相信的一件事。

可是，那的而且確是一頭貓所造成的！

是貓的利爪，將一切撕成了碎片，是貓，打碎了一切可以打碎的東西。自然，那不是一頭普通的貓，而是曾被我捉住過、弄斷了尾巴的那頭**妖貓**！

我和白素互望着，心中都有説不出來的**氣憤**，家中的一切陳設傢俬，全是我們心愛的，我們**溫馨可愛**的家，現在全被破壞了。

「樓上怎麼樣？」我緊張地問。

還好白素搖搖頭，「樓上沒事。」

等到我和白素收拾好客飯廳中被毀壞的一切後，我們的屋子看來就像是要搬家一樣，幾乎什麼都沒有了。

「牠還會再來的！」我指着自己隱隱作痛的肩頭説：「現在牠的**仇**還沒報完，牠只不過將我抓了一下，我傷得很輕，牠雖然破壞了我們客廳中的一切，但對那頭貓而言，這還不足以宣泄牠心頭之恨。」

白素和我異口同聲地説：「**一定要把牠捉住！**」

我們都認為老黑貓今天晚上會再來，於是立刻作好準備，布下**天羅地網**，誓要將牠擒住。

晚上，我們吃完晚飯就去裝睡。

我將一張大網放在床邊，那張網和捉蝴蝶的網差不多，有一根長柄，以結實的尼龍織成，柄上連着一根繩，可以將網口收緊。我將網放在床邊，以便一伸手就能拿到。

白素有她的辦法，她將一條相當厚的棉被，放在身邊備用。

我們都躺在床上不動，慢慢等着。等了許久，快撐不住要睡着的時候，忽然房門上傳來了一下輕微的爬搔聲。

那頭貓似乎推開了房門走進來，因為我看到牠的一雙眼睛，在黑暗中閃着妖裏妖氣的**綠光**，悄無聲息地走進來。

我緊緊地抓住網柄，注視着牠**一閃一閃**的眼睛，然後，突然之間，揚起網來。

我和那頭貓幾乎是同時發動的，我才一揚起網，那貓也同時撲了上來。牠才一撲起，便發覺不對頭，怪叫了一聲，但那張網已向牠罩下去了。

我坐起了身，立時想去收緊網口，可是剎那間，那頭妖貓竟然又**跳了出　去**。

不過，牠才一跳出去，又是一聲怪叫，牠那雙**綠黝黝**的眼睛忽然不見了，而牠的叫聲聽起來也變得十分沉悶。

這時白素大叫：「**快開[illegible]**」

我馬上跳起來去開燈，見到白素將那張大棉被壓在地上，雙手緊按在棉被上，那頭貓顯然被壓在棉被之下！

我不禁大吃一驚，因為我知道那頭貓的爪，**鋒利**得超乎想像，棉被雖厚，但牠一樣可以抓穿。

我急忙叫道：「**你快讓開！**」

白素卻還不肯走，「不能讓開，牠掙扎得厲害！」

這時候，棉被下的那頭貓正在竭力**掙扎**着，我拿着網走過來，也就在這時，白素驚呼一聲，身子站了起來。

不出我所料，貓爪已經抓裂了厚厚的棉被，一隻貓腳自棉被中直伸了出來。

我立刻揮動着那張網，連貓帶被罩在網中，然後迅速收緊了網口。白素避得快，並沒有受傷。

我們兩人鬆了一口氣，雖然我們對付的只不過是一頭貓，但其激烈程度卻像跟猛虎搏鬥一樣。

這頭老貓依然掙扎着，發出可怕的叫聲，咬着、撕着，想從網中掙脱出來。白素走了出去，然後推着一個鐵籠回來，那也是我們早就準備好的。我提起網，放進鐵籠，將鐵籠完全鎖好，才鬆開網口。那頭大黑貓在籠中一邊亂撞，一邊怪叫着。

這時候，我終於可以好好地注視着那頭大黑貓了。

第十三章

變節

我曾經和那頭大黑貓碰上過許多次，但每次都是緊張而刺激的，根本沒有機會好好打量牠。如今，牠在鐵籠裏絕對逃不出來，我和白素才可以仔細盯着牠看。

黑貓在鐵籠中亂撞，力量之大，令鐵籠**搖擺不定**。

白素開口說：「好怪的貓，你看牠的眼睛，充滿了仇恨。」

那的確是一對充滿了仇恨的眼睛，**暗綠色**的光芒之中，有一股使人戰慄的力量。

但牠已被我關在籠子裏，我自然不會怕牠。我對白素說：「怎樣處置牠？我有一位朋友很喜歡吃貓肉。」

白素**皺**起了眉，搖着頭道：「別開玩笑了，貓又聽不懂你的話，不知道你在恐嚇牠！」

但剛才我說到有人喜歡吃貓肉的時候，我看到那黑貓的臉上和眼睛中，都現出了**恐懼**的樣子來，所以我覺得牠能聽懂我的話。

為了證明這一點，我又對着牠狠狠地說：「我先用**沸水**淋牠，將牠活活淋死！」

當我這句話說出口之際，那黑貓的神情又驚恐又憤怒，身子也在**發抖**。

白素突然叫了起來：「**天啊，牠好像聽得懂你的話！**」

貓和狗本來就是十分聰明的動物，或許是我講那幾句話的時候，神情十分兇狠，所以那頭老貓才感到**驚恐**。

於是我轉過身去，背對着黑貓，用極為平靜的語氣説：「我已經決定了，淋死牠之後，將牠的皮剝下來，製成標本，作為我重新佈置客廳時的裝飾。」

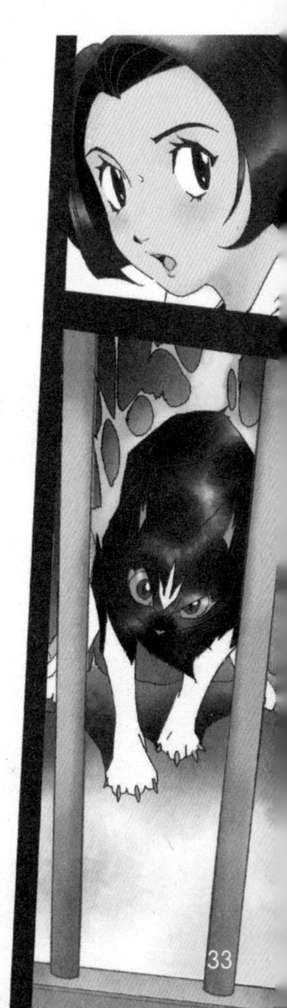

我一面説，一面向白素做手勢，示意她留意黑貓的反應，怎料我的話還未講完，已經看到白素現出了十分驚訝的神情。

我連忙轉過身看，只見那頭老貓**弓起了身子**，全身的毛都倒豎起來！

我冷笑了一下：「你聽得懂我在說什麼，那更好了！你是一頭**妖貓**，但是現在，不論你有什麼妖法，都難以施展了，**你會被我處死！**」

老黑貓激動了一會後，似乎知道反抗不了，突然**垂頭喪氣**，全身失去了力氣一樣，哀傷地伏了下來。

當我還想繼續恫嚇牠，白素忽然說：「牠好像很可憐。」

「可憐？你忘了牠是如何徹底破壞我們的家嗎？」我**激動**地說。

「但牠畢竟只是一隻貓。」

我大感不妙，心裏暗罵：「好狡猾的貓啊，知道硬碰不了，便裝可憐博取別人的同情。我才不會上當呢，可是白素……」

為免白素中牠的計，我提議道：「先將牠推到地下室去再說，我不喜歡牠那對**透着綠光**的眼睛。」

我沒等白素回應，雙手已經捧起**鐵籠**抬往地下室去。在離開地下室的時候，我拍下了牠一張照片，然後小心地將地下室的門上了鎖，以防萬一。

回到臥室，白素望了望我，**疑慮**地問：「我們接着怎麼辦？」

「當然是利用牠來引出張老頭，把一切事情問個清楚明白。」

「不，我的意思是，我們要照顧着牠嗎？牠既然異於尋常，吃的東西會跟普通貓一樣嗎？」

白素顯然比我細心，雖然我不喜歡她用「**照顧**」這兩個字，聽來好像那黑貓是我們的寵物似的，但要引出張老頭難免也需要些時間，在這期間，我們至少也得餵飼牠，不能讓牠**餓死**。

「我曾經在張老頭的家裏看到貓乾糧，明天我去貓糧店買吧。」我説。

到了第二天，我除了買貓糧之外，還買了一張新的儲值電話卡，因為我要用老黑貓的照片登報尋人，聲稱收留了一隻斷掉尾巴受傷的老黑貓，呼籲其主人盡快**致電**給我來認領。

當然，接聽來電的工作我還是交給了秘書小姐。原來公司發現**死老鼠**那天，她恰巧請了半天假，我們都讚她運氣好。

我回到家裏，把貓糧倒進一個盤子，走到地下室，發現鐵籠裏已有一盤**清水**，顯然是白素給牠的。我從鐵籠底部的一個**空隙**把盛着貓糧的盤子推進籠裏，然後就不理牠，頭也不回地離開，也不管牠有沒有吃。

尋人廣告登出那天，秘書小姐中午來電報告，我**緊張**地問：「怎麼樣？是不是有一個姓張的老頭子打來？」

「不，是很多人打來。」秘書小姐有點煩躁地說。

我愕然地問：「**什麼？**很多人自認是那黑貓的主人？」

「不，新的號碼還沒有人打來。我接聽的，都是上次尋貓啟事那個號碼轉駁過來的，他們說你丟失的那頭黑貓已經有人登報說找到了，還把聯絡電話留給了你。」說到這裏，秘書小姐不禁苦笑，「但老闆，請你不要叫我打這個號碼，因為我不知道怎樣自己跟自己講電話啊。」

聽了她的話，我立刻忍不住**哈哈大笑**起來。我自然明白她的意思，因為幾天前我才貼出了尋貓啟事，要找一頭斷尾黑貓；而現在，我又用另一個身分登報說收留了一頭斷尾黑貓，請主人來認領，這不等於是自問自答嗎？我沒想到居然會有這樣的結果，實在好笑，而秘書小姐一定是以為我在故意**作弄**她了。

我安撫她說：「最近真是辛苦你了，等這件事完結之後，我保證給你一星期的假期，但現在還是請你繼續幫我接來電。」

秘書小姐立刻**精神一振**，「沒問題！」

剛掛了線，白素便愁眉苦臉地來找我，「牠不肯吃東西啊，你**確定**你買的貓糧跟張老頭家裏的一樣？」

我冷冷地回答道：「當然不一樣，張老頭那包是最貴最頂級的貓糧，我買的是最便宜那款。」

「那你為什麼不買相同的？」白素的語氣有點像在責怪我。

那當然不是錢的問題，而是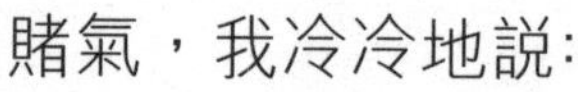賭氣，我冷冷地說:

「我幹嗎要對牠那麼好？」

其實那老黑貓不肯吃平價貓糧，我是可以理解的。因為如果牠真的活了三千多年，大部分食物都吃膩吃厭了，對食物的要求自然很高，可我就是不願意對牠那麼好。

又過了幾天，張老頭還是沒打電話來，我等得不耐煩了，決定把貓送到**化驗所**，因為所長說過，他和幾位專家都希望對這貓作詳細的化驗研究。

於是，我在老黑貓飲用的水中下了些安眠藥，令牠**昏昏睡去**，然後把整個鐵籠放進車尾箱，送牠去化驗所。

化驗所所長知道我帶來了那頭老貓，立刻**丟下**了所有工作來迎接我。看到我抬進來的鐵籠裏那頭**昏睡**着的老貓，他興奮地問：「就是牠嗎？」

「對！」我點點頭。

「果然與別不同，跟我見過的所有貓都不一樣。」所長驚呆地看着老貓。

就在他吩咐員工把鐵籠抬進化驗室的時候，突然一把熟悉的聲音響起：「**住手！**」

只見白素從我背後衝了上去，把鐵籠搶過來，**激憤**地說：「這是我家的寵物，不能讓你們化驗！」

我驚訝得目瞪口呆：「寵物**？**」

第十四章

和一隻貓**做朋友**

「這位一定是衛太太了？」所長禮貌地打招呼。

但白素卻毫不客氣，「**哼**」了一聲就抬着鐵籠轉身離開，甚至連看都不看我一眼。

所長十分詫異地看着我，「原來那頭貓是你們家的寵物？我素聞衛斯理的大名，可也從未想過你家裏竟然養了一隻超過三千歲的老貓啊。」

「**不不不，那不是我的寵物。**」我連忙澄清。

我立刻追出去，以為白素會等着我一起開車回家，怎料只見我的車子正**揚長而 去**，白素已經開了我的車，

帶着那老黑貓走了，把我丟下。

我知道白素一定是很**生氣**才會這樣做，可是我的氣也不小，馬上截了一輛的士回家。

回到家裏，白素故意不和我説話，也不跟我有任何眼神接觸，彼此進入**冷戰**。

她沒有把老黑貓放回地下室，而是放在客廳中央。她正在為老黑貓倒水倒貓糧，我這才發現她不知在什麼時候買了那**最貴最頂級**的貓糧回來。

我忍不住先開口：「**偷車賊！**」

白素卻回敬我一句：「**虐貓狂！**」

我不忿，「我哪有虐貓？我都還未用沸水淋牠呢！」

白素立刻指責我：「你亂對牠下安眠藥，份量控制得

不好會弄死牠的！而且你不跟我商量就把牠送去化驗所，天曉得他們會用什麼手段來化驗研究，會不會弄死牠？」

我十分驚訝，她的口吻竟然真的好像把老黑貓當成了我們的寵物。我不禁懷疑，這頭老黑貓，不僅能聽懂人話，還可以通過**腦電波**催眠人類，令白素居然變節去幫牠而不站在我這邊！

可是，為什麼我卻沒有被催眠呢？我知道一個人的意志力夠**堅定**的話，是難以被催眠的。我自問意志力不錯，所以妖貓無法催眠我，可是白素的意志力不比我差，不可能她被催眠了，而我卻沒有事。

也許是妖貓**扮可憐**的策略奏效了，這幾天以來相處的日子裏，白素對牠產生了同情心。

此時安眠藥的藥力**漸漸**消退，老黑貓緩緩醒來，飢腸轆轆地拚命吃着白素給牠的貓糧，狀甚可憐。

我不禁提醒白素：「不要被牠那副可憐相所**蒙蔽**，別忘記牠是怎樣襲擊我，破壞我們的家，還有我的辦公室。」

白素白了我一眼：「你也別忘了，是你先令牠失去一條尾巴的。」

雖然那尾巴並非由我直接**弄斷**，而且牠從一開始就敵視我、襲擊我，才會演變成後來的恩恩怨怨；不過說到底，牠確實是因為我而失去尾巴的，牠第一次襲擊我也是因為我闖進了張老頭的家，這一點我幾乎是無可抗辯。

被白素一說，我頓時覺得自己理虧了，緩和語氣道：「那你認為我該怎麼做？」

「我覺得，我們該和牠化敵為友。」白素頓了一頓，「**或者，該將牠放出來。**」

我吃了一驚，忙道：「別傻了，好不容易將牠抓住，怎能隨便將牠放出來？」

白素望着我問：「那你準備怎麼辦？如果一直找不到張老頭，我們是不是也一直這樣困住牠？讓牠失去自由，受盡苦楚？」

白素的話總是**一針見血**，但我卻不認為放黑貓出來是個明智的決定。

「你千萬別做傻事，要是將那頭貓放了出來，你會後悔的！」我警告道。

白素卻微笑着說：「我可以和牠做朋友的，你信不信？」

我立時嘆了一聲：「你別忘記，牠簡直是一個**兇手**！」

「不錯，我們知道牠殺過一條狗，但是你要明白，當一頭獵犬撲向一隻貓的時候，除非那隻貓根本沒有自衛能力，不然，你怎能怪牠自衛殺敵？」

我**瞪大**了眼，不説話，白素又道：「牠和老布的情形也是一樣，你想想，不論牠怎樣兇，牠總是一頭貓，而你竟出動了一隻可以和野牛作鬥的大狗去對付牠，牠怎能不盡力對抗？」

白素的話，多少有一點道理。

自我一見到那頭大黑貓開始，就對牠有**極深刻**的壞印象，因此我對付牠的方法，一直都是敵對的。

那麼，是不是我的方法錯誤了，以致我和牠之間的仇恨**愈來愈深**呢？

如果是我錯了的話，那麼，白素試圖用比較溫和的辦法來對付那頭老黑貓，或許是正確的。

白素看出我的態度有變，才坦白告訴我：「其實這幾天，我和牠講了許多話，**牠對我很好。**」

我瞪大了眼睛，等她繼續說下去：「我初次去地下室看牠的時候，牠顯得很不安，在鐵籠裏**跳來跳去**，發出可怕的吼叫聲。我來到鐵籠邊對牠說，我知道牠不是一頭普通的貓，同時，也明白我們之間的關係不是很正常，但可以改善。牠聽了之後，就靜了下來。」

我忍不住笑了出聲，白素卻一本正經地說：「牠真是懂的！我說，我們可以做朋友，我可以不當牠是一隻貓，而當牠是和我們有同等智慧的動物。」

「**哼，牠可能比我們還要聰明呢。**」我冷冷地說。

「是啊，所以我們更要用別的方法對付牠。我又對牠說，我們不記着牠破壞我們客廳的事，也希望牠不要記着牠斷尾的事。」

「牠答應了嗎？」我故意半開玩笑地問。

白素卻認真地說：「**那就得看你了。**」

我明白她的意思，想了片刻道：「我試試吧。」

我步向籠子，大黑貓立時**弓起了背**，身上的毛開始一根根地**豎起**。

來到了鐵籠前，我裝出輕鬆的樣子，攤了攤手說：「好了，我想，我們之間的事情，應該算過去了，你吃了虧，我也吃了虧。」

那頭老黑貓發出了一下可怕的**怪叫聲**來，我繼續說：「你是一頭不尋常的貓，我已經知道，如果你真是不尋常的話，你就應該明白，我們繼續作對下去，吃虧的只是你。」

老黑貓的腹中發出「咕咕」聲，**弓起的背**已經平了下來，豎起來的黑毛也**緩緩落下**。

老黑貓已經接受了我的提議嗎**？**我依然擔心自己會錯意。

我和白素互望了一眼，她示意我打開籠子。

我先將手放在籠子上。本來，那樣做已經是十分危險的事，因為那頭老貓可以將牠的利爪從籠中伸出來抓我，可是那時候，那頭貓沒有什麼異動。

我的手按在鐵籠上好一會，卻始終不敢打開。

白素緩緩吸了一口氣，對着鐵籠道：「我們要將你放出來了，如果你真的不再與我們為敵，那麼請你點三下頭。」

那頭老貓果然點了三下頭，我感到**牠簡直和人沒有什麼差別！**

這時候，白素突然大膽地拔開了鐵籠的栓，鐵籠的門「**啪**」地一聲跌了下來。籠門大開，那頭老黑貓已經可以自由出來了！

第十五章

我和白素都緊張得屏住了氣息，那頭老黑貓的神態也緊張得出奇，牠沒有立即衝出來，而是**伏**在鐵籠的一角，一動也不動地望着我們。

「你可以出來了，你已經自由了。」白素溫柔地説。

那頭老黑貓慢慢步出籠子，向我們走來。

當牠無聲無息、緩緩向我們接近的時候，真像一具**幽靈**在向我們移動。

牠來到離我們六七呎處停了下來，抬頭望着我們，腹中不斷發出一陣陣「咕咕」的聲音，又張口叫了幾聲，似乎想向我們表達一些什麼，可是我們理解不了。

不過有一點倒是可以肯定的，那就是我們之間的敵意，已經減少到最低程度了。

白素向前走出一步，想伸手撫摸牠，可是老黑貓突然發出一下叫聲，**竄**了起來，我大吃一驚，連忙伸手拉住白素。

但老黑貓並非撲向白素，而是以極高的速度竄到窗前，騰跳而起，躍出窗外逃去了。我們想追牠，可是從窗戶看出去，牠已經迅速竄逃得無影無蹤。

白素多少有點沮喪，但仍樂觀地說：「我們不算是完全失敗，至少牠對我們沒有**敵意**了。」

我苦笑了一下，「也不見得友善，牠走了。」

白素皺起了眉，「那不能怪牠，你沒看到剛才牠好像想向我們表達些什麼嗎？只是人和貓之間實在難以溝通。」

説到與貓溝通，我馬上想起了張老頭，因為他似乎能跟那頭老黑貓溝通。

我在報紙上已登了好幾天啟事，但仍未收到張老頭的來電，如今那頭貓都已經離去了，張老頭還會來找我嗎？

我選擇登報，是因為當初那貓內臟是在張老頭家中的報紙堆裏發現的，傑美還告訴了我是哪一家報紙，這表示張老頭有買那家報紙的習慣。

可是如今再細想，他買了報紙也不一定會細讀，現今世代還有多少人有耐心翻完一份報紙呢？老人家都在用Facebook、WhatsApp了。

想到這裏，我突然靈機一動，立刻把啟事內容經社交網絡廣傳，還把我的名字加了上去，希望吸引更多人轉發。

結果當天晚上，張老頭就找我了，我請他來我家詳談。

張老頭來到我家，坐下來，四處張望着，「牠在哪裏？」

我如實告訴他：「張老伯，那頭貓已經不在了。」

只見他**震**了一下，現出十分擔心的神色來，我繼續說：「你看看這客廳中的情形，這全是你那頭貓所造成的，我們抓到牠的時候，我真想將牠殺死！」

張老頭聽到這裏，失聲叫了起來：「不！你不能殺牠！**牠不是一頭貓！**」

我呆了一呆，那明明就是一頭貓，怎會說不是貓呢？我想張老頭一定是神經太緊張，說話才會變得**語無倫次**。

我笑了笑說：「請放心，我沒有殺牠。我們發現牠聽得懂人類的語言，所以試圖和牠化敵為友，將鐵籠打了開來。」

張老頭吁了一口氣：「那牠怎麼了？」

我攤了攤手，「**牠走了。**」

張老頭站了起來：「對不起，牠有什麼得罪你們的地方，我來賠罪，既然牠已經不在，我也要告辭了！再見，衛先生。」

「張老伯，你不能走！」我說。

「衛先生，你是沒有道理 **扣留** 我的。」

我微笑着說：「你誤會了，我只是希望和你一起研究有關那頭大黑貓的問題。」

但張老頭意志**堅決**，「我實在不能和你說什麼，真的，什麼也不能說，除非我和牠見面後，得到牠的同意。」

我不禁苦笑起來，他和那頭貓之間，究竟溝通到了什麼地步呢？他是人，人反而不能作主，要由一頭貓來作主，這無論如何也是一件十分**荒謬**的事。

怎料白素說：「好的，張老伯，我相信牠一定會回到你那裏去的，你們好好商量一下吧。我認為，如果我們可以一起研究的話，對問題總有多少幫助。」

我呆了一呆，還未及阻止白素，張老頭已連聲道：「謝謝你，謝謝你！」一面説着，一面匆匆走了。

我不禁有點**氣惱**，「好了，現在貓走了，人也走了。」

白素卻十分淡定，「別着急，**人和貓，都會回來的。**」

我悶哼了一聲，白素説：「你記得嗎？那頭貓在離去的時候，好像想對我們表達些什麼。所以我相信，牠是願意和我們討論的。」

不管如何，我們目前也只能等待了。

第二天，白素忽然又問我：「你記得嗎？張老頭曾説過一句很古怪的話，他說，**那不是一頭貓！**」

「記得，那是他口誤，那明明就是一頭貓，不是貓是什麼？」

白素想了一想，說：「從外形看來，那自然是一頭貓，然而，從牠的行動看來，**牠真的不是貓！**」

「那麼牠依然是一頭貓，只不過是一頭怪貓而已，怎能說牠不是貓呢？」

白素固執起來，真叫人吃驚，她反駁道：「那只不過是外形！」

就在我們**爭辯**着的時候，門鈴忽然響起，我和白素交換了一個眼神，心中都浮現了同一個猜想，立刻衝去開門，發現站在門外的，**果然是張老頭和他的老黑貓！**

我們請張老頭到客廳裏坐下，那老黑貓就蹲在他的大腿上，我急不及待地問：「你們來找我，是不是已經有了商量的結果？」

張老頭神情嚴肅地點點頭，望了那老黑貓一眼，然後才嘆一口氣說：「兩位，牠可以說是一個**最不幸的人**。」

聽到張老頭那樣說，我立時像被**針刺**了一下一樣，**跳了起來**：「你要更正你的話，**牠是一隻貓，不是一個人！**」

張老頭又嘆了一聲：「衛先生，你聽我說下去就會明白了。他的確是一個人，只不過他原來是什麼樣子的，我也不知道，可能他原來的樣子，比一頭貓更難看，根本不知道像什麼！」

我有點被作弄的感覺，但白素忽然說：「張老伯，你的意思是，他不是屬於地球上的人，而是從外地來的？」

一聽得白素那樣說，我頓時感覺到自己在這場「人或貓」的爭論中將要落敗了。

張老頭沒有直接回答，只提出了一個請求：「無論如何，請你們要替這個可憐的外來侵略者保守**秘密**。」

我和白素都不禁驚呆住了，**「可憐的外來侵略者？」**

第十六章 不幸的侵略者

當張老頭說出「可憐的外來侵略者」時，除了我和白素感到驚訝之外，那老黑貓也發出了一聲嘆息。

張老頭說：「牠本來生長在貓最幸福的時代，那是埃及人將貓奉為神明，極度愛護的時候。」

我呆了一呆，和白素互望了一眼。

貓的確有過幸運和極其不幸的時期，幸運時期在**古埃及時代**，那時埃及人愛貓簡直到了瘋狂的程度，那是距離現在超過三千年前的事了。想到這裏，我登時一怔，那黑貓的**骨骼**鈣組織切片化驗結果，不是正好完全吻合嗎？那黑貓真的超過三千歲！

「我明白了，牠大約在三千多年前到達地球，是一個來自其他星球的生物，長得跟地球貓很相似。」我急不及待地推論。

可是張老頭搖着頭說：「你錯了，**牠原是地球上的一隻黑貓。**」

此刻我簡直**氣憤**到極點：「你在跟我開玩笑嗎？牠到底是貓不是貓啊？」

張老頭試着解釋：「請你聽我說。假定在三千多年前，某個星體上有一種高級生物，他們其中一個，以某種方式來到了地球——」

我禁不住**打斷**問：「什麼叫某種方式？」

「那是我們無法了解的一種方式，我們**看不到**，也觸摸不着，但事實上他是來了！」

這番話，別人聽了，可能愈聽愈糊塗，但我卻聽出一些頭緒來，正等着張老頭繼續說下去。

「他到了地球，如果要展開行動的話，就要先**侵略**一個地球人。從此，那個地球人就變成了他，他的思想操縱那地球人，你明白麼？」張老頭說。

我漸漸明白了，張老頭所說的「某種方式」，就是將**腦電波**聚成一股強烈的凝聚體，可以在空間自由來去，這股腦電波有智慧、有思想，卻**無形無質**，但又能附於實體之上，就像我們所說的「**靈魂**」。

我點頭表示明白，然後問：「那結果呢？」

張老頭嘆了一口氣，「他從來沒見過地球人，埃及的一座神廟附近是他的到達點，他看到廟中有許多神氣活現、受盡寵愛的貓，其中以一頭大黑貓最為**神氣**。」

聽到這裏，白素「**啊**」的一聲叫了出來：「他以為貓是主宰地球的最高級生物！」

張老頭現出一個苦澀的笑容，說：「是的，他更以為那頭大黑貓是當中的**領導人物**，於是他就——」

不用說下去，我和白素都知道，那「靈魂」侵入了那頭大黑貓的體內，而我們也終於明白張老頭所說「**可憐的外來侵略者**」的意思了！

不過，對地球人而言，這卻是無比幸運。要知道，在三千多年前，人類文明還處於啟蒙階段，如果那「靈魂」成功進入了一個地球人的身體，那麼這個人就立刻變成了**超人**，足以主宰全地球，將地球人完全置於他的奴役之下。

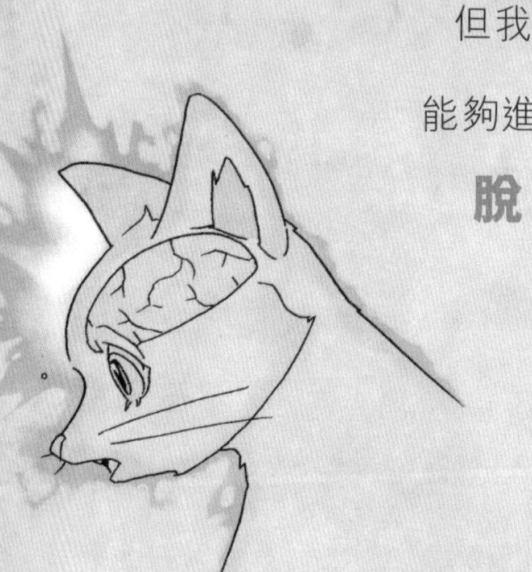

但我和白素依然不明白：「既然他能夠進入一頭貓的身體，自然也可以**脫離**那頭貓。況且，一頭有着如此**超凡能力**的貓，也一樣能主宰地球啊。」

張老頭徐徐地道：「你說得對，但事實上卻並非如此。外來者沒料到，侵入了貓的身體後，他的思想活動受到了貓的腦電波**干擾**。貓的軀殼限制了他，使他原來的智慧**降低**了不知多少倍，他只不過成了一頭異乎尋常的貓而已。也正由於這一點，他沒能力再脫離貓的身體，轉投人身。」

此刻我腦海裏充滿了**疑問**，張老頭不等我開口，就先作解釋：「你一定想問，他何以能活三千多歲那麼久？因為在他來的地方，時間和地球上是不一樣的。對地球人而言，時間已過了三千多年，是貓的壽命的兩百倍，但是對他而言，還不到貓的壽命的十分之一。」

我接着提出**疑問**：「為什麼他們星球沒有別的人用同一方式繼續來地球？」

張老頭的神情有點異乎尋常，但極力保持淡定地回答：「遠征地球是一項冒險行動，他一去之後，**音訊全無**，其他人自然不會輕易作第二次冒險。況且，由於時間觀念的不同，對他們的地方而言，現在並沒有過了多久。」

我馬上又追問：「他誤投貓身之後，智力**減低**的程度令他完全放棄侵略了嗎？」

張老頭嘆了一聲：「剛開始的時候，他完全變成了一頭貓，情況真是糟透了。直到一千多年之後，他的智力恢復了一點，便想利用貓的力量做一些事，但卻即時遭到人類反擊。衛先生，你自然知道，有一個時期，人們把貓和**巫術**連繫在一起，幾乎所有貓都被捉來**打死**、**燒死**。」

我點頭道：「是的，那是貓的**黑暗時期**，尤其是在歐洲，歷史學家一直弄不明白，何以一種一直受人寵愛的動物，忽然之間會使人如此**痛恨**，幾乎要將牠們完全滅種。」

「那時候，牠在歐洲。」張老頭給了一個簡潔有力的答案。

我和白素都不禁「**啊**」了一聲，白素問：「牠當時做了些什麼？」

「牠的確害了一些人，用牠漸漸恢復的智慧去影響人的思想活動，那和催眠術有點相似，被害人猶如『**中了邪**』，但也僅此而已，始終未能將貓和人的地位掉轉。」

我望着那頭大黑貓，不禁苦笑起來。沒想到中古時期，人們突然開始憎恨貓，將貓與**邪術**連在一起，全因為我面前這頭大黑貓。

白素接着又問：「張老伯，你認識這頭貓有多久了？」

張老頭顯得有點**支吾以對**：「或許……他意識到需要和人溝通，所以找了一個小孩作朋友，而那小孩就是我。我和他在一起已有幾十年了。」

張老頭接着又說：「自從我可以明白他的意思之後，我就知道，他唯一的盼望，就是**回到他原來的地方去！**」

我揚了揚眉：「但他不能帶着貓的身體回去，是不是？」

張老頭點點頭：「嗯，那是不可能的，他必須以來的時候的同一方式回去。我們已經知道如何能做到，我也一直在幫他，可是仍未成功，因為有些困難，我們未能克服。」

我有點吃驚，因為聽張老頭這樣說，他和那頭貓一直在進行着一項工作，就是將那頭貓的「靈魂」和身體**脫　離**，讓「靈魂」可以回到原來的星球去！

我手心在**冒汗**，忍不住問道：「那是什麼方法？」

張老頭猶豫了一下説：「**我給你看一個東西。**」

第十七章
無法辦到的請求

張老頭從口袋裏取出一張設計圖，攤了開來給我們看。

那是一個看上去非常複雜的裝置設計圖，上面所寫的算式、符號、結構等等，我完全看不懂，但有一點是可以肯定的，這個裝置我在張老頭家中見過，就是那個放在大木箱裏，一半釘着許多**小釘子**的八角形盤子。

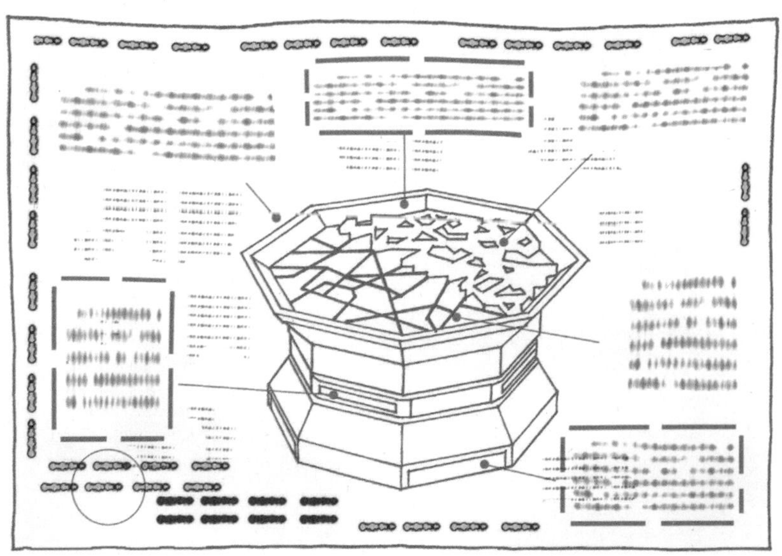

「相信上次在我家裏，你已經偷看過實物吧？」張老頭淡然地說。

我尷尬地笑了一下，然後問：「你在家裏不停**敲釘**，不惜頻繁搬家也要堅持天天敲着，就是為了製作這個裝置？」

張老頭點點頭，內疚地說：「為了做實驗測試，還犧牲了好幾頭貓。」

我立時想起在他家裏發現貓內臟的事，原來那是實驗犧牲品。

但我仍然充滿懷疑：「你說用這個八角形盤子，就可以使他的『**靈魂**』從貓的身軀**分離**，回到他原來的地方去？那實在是太兒戲了，它看來就像是小孩子的玩具。」

張老頭冷笑了一下，「衛先生，地球上的科學知識實在是太低了，低到無法理解這個裝置的半點皮毛。舉例說，手電筒是何等簡單的東西，但是手電筒如果在一千年之前出現，那時候，集中全世界的智者來研究，他們能夠明白手電筒能發光的原理麼？」

張老頭舉的這個例子，令我無可辯駁。他說得對，當時的人雖然幼稚到不知道有手電筒，但他們依然自以為已經知道了許多東西，是**萬物之靈**。

「那你能理解這個裝置嗎？」我反問。

如此普通的問題，張老頭卻**震動**了一下。我發現張老頭每次提到了他自己的時候，總有一種**異樣**的敏感。

張老頭**緊張**地澄清：「一切方法都是由他提供的，我只是照着他的意思動手做而已。」

白素突然問了一句：「你是如何和他交談的？用貓的語言？」

「不，他用他的思想，直接和我的思想**交流**。」

白素立刻追問：「他能夠和你直接用思想交流，為什麼和別人不能？」

我也認為這個問題十分重要，便望着張老頭，等他回答。和之前幾次一樣，問題和他自己有關的時候，他就有點**坐立不安**起來。

他勉強笑着説：「因為我和他在一起實在太久了，有好幾十年。」

這個解釋，多少也是令人信服的。

張老頭忽然嘆氣了一聲：「我花了不少錢，經過許多

曲折，才買到所需要的材料，有些東西更是我們千辛萬苦找回來的。如今裝置已經大致完成了，可謂萬事俱備，只欠**東風**。」

白素誠懇地問：「東風是什麼？我們能幫上忙嗎？」

張老頭坦白地說：「我們的確需要幫忙，這也是我來找你們，願意和你們講出這些**秘密**的原因。」

我立即誇下海口：「有什麼需要幫忙的，即管說。我把名片留給你的時候，就答應過幫你解決困難。」

張老頭欣喜道：「太好了，我們需要用**高壓電能**來推動這個裝置，你能幫助我們嗎？」

我立刻低頭思考，喃喃自語：「我認識的人當中，有哪些能跟發電站拉上關係？」

我一時間還未能想出來，但張老頭卻已為我解答：「**有，你們的親戚。**」

他一面說，一面望向白素，我立刻恍然大悟。

白素的弟弟，在東南亞某地經營一個相當**龐大**的工業集團，其基地大得被稱為工業城，內裏有一個附屬的強大**發電站**，張老頭竟然連這一點都知道，由此可知，他對我的了解，遠在我對他的了解之上！

我以前也太小看他了，以為他是一個窮困潦倒的人，然而現在看來，顯然不是！

「如果你們肯幫忙，我還有一些很好的東西可以作報酬。」

「是什麼？又是宋瓷花瓶？」我問。

「比那對花瓶更好。」張老頭説：「有好幾部宋版書，還有畫，我可以全部給你們，這些東西的**價值**相當高。」

我不禁揶揄他：「給了我之後，再讓牠去破壞嗎？」

張老頭嘆了一聲：「他去毀壞那對花瓶，是因為他很喜歡那對花瓶，不甘心落到那暴發戶的手中，可是我又因為需要**錢**，不得不賣出它們。」

我好奇地問：「這些價值連城的古董，你是如何得來的？」

張老頭有點支吾以對：「衛先生，請你讓我保留一點**秘密**好不好？雖然……我遲早會告訴你的。」

我不明白他的意思，但白素已經不耐煩地**打斷**我們：「言歸正傳吧。你要如何使用**高壓電**？如果不是太困難的話，我想我們可以做得到的。」

只見張老頭也皺了皺眉，說：「很困難，我需要那個發電組合完全歸我使用七天。」

我禁不住「哈」的笑了一聲，「對不起，我是不應該笑的，但因為想起她弟弟的性格，才會忍不住笑了出來。」

白素不滿地瞪着我，而張老頭則滿臉疑問。

我便解釋道：「要這樣龐大的工業集團停工七天，每天的損失將以千萬美金計算，不論你有多少古董，都難以補償。況且我那位小舅的性格……對**金錢**$看得比較重，所以你的請求是絕對不可能辦到的。」

張老頭嘆了一口氣，神情極其**沮喪**。

而白素也沒有再說什麼，因為她對自己的弟弟比我更了解，剛才我沒有用功利、貪財、吝嗇、斤斤計較等形容詞，已是非常客氣的了。在過去幾年，他的工業集團已**轉型**了好幾次，市場流行什麼，他就趕上熱潮生產什麼，永遠不甘後人。

「我也明白很難，來見你們，只是抱着一絲的希望而已。」張老頭低頭望着那大黑貓，而那大黑貓亦抬起了頭望着他。

雖然這頭老黑貓給了我不少麻煩，而且來地球的目的是**侵略**，可是當看到牠雙眼透出那種**悲哀**的眼神時，我也不禁有點同情牠，「真對不起，是我高估了自己的能力，這件事，我們實在辦不到。」

張老頭的神情竟然比老貓更**哀傷失望**，使人總覺得他們之間的關係，不止是人和貓，或是朋友那麼簡單，白素似乎也有同感。

張老頭站了起來，說：「對不起，打擾你們了。請你們將剛才所聽到的一切，只當是一個**荒誕**的故事，千萬別放在心上，也不要對任何人提起。」

我和白素互望了一眼：「你可以放心，我們絕不對任何人說。」

張老頭感激道：「那就真的謝謝你們了！」

到了門口，白素忍不住問：「除了這個辦法，真的沒有別的辦法了麼？」

張老頭搖着頭答道：「沒有了，我們需要大量的**電力**，而這種電力，只有大發電站才能供應。」

「可惜，那是辦不到的事情，很抱歉。」我說。

張老頭點着頭：「我明白的。」

正當張老頭與老黑貓沮喪地步出門外之際，白素突然說：「**等等，我辦得到！**」

第十八章

我、張老頭，連同那頭老貓，都**驚愕**地望着白素。

白素補充道：「當然，這不是一件容易辦到的事，我可能需要比較長的時間來籌備，你願意等嗎？」

張老頭看了看老黑貓，**苦笑**着說：「他已經等了三千多年，再等一會又算什麼？」

「好，那麼你留下聯絡電話，我行動一成功便通知你過來。」白素說。

我一時之間好像變成了局外人一樣，備受冷落。這也正常，因為張老頭提出的請求，我說我辦不到，而白素卻聲稱能辦到，那麼，這裏自然就沒有我的事了。

張老頭留下電話號碼後，便帶着老黑貓離去。

「等我的好消息。」白素向他們揮手道別。

等他們走遠，我才開口勸白素：「你不能因為同情那頭老貓，就給他們一個虛假的希望。」

我以為白素會**反駁**我，或者說出一個我從來沒想到過的好辦法，因為白素的智慧向來給我驚喜，可是這一次，白素不但沒有反駁我，甚至連看都不看我一眼，便匆匆轉身上樓去收拾行裝。

我心有不甘，也**跑上樓去**，要跟她討論個明白。

「要你弟弟答應，根本是天方夜譚。莫説是向他借用發電站，就算向他借幾塊錢，你也未必能辦到。」我故意用説話刺激白素來反駁我。

怎料，她只顧收拾行裝，完全不理睬我。

我的好奇心愈來愈**強烈**了，到底她心裏想着什麼辦法？我便繼續挑釁她：「再說，要是你想盜用發電站，也是絕無可能的，因為張老頭的裝置需要用到發電站連續七天的電力，**不能間斷**，難道你有本事調走整個工業城的員工七天那麼久嗎？」

白素依然不理睬我，使我不禁懷疑自己是不是變成透明人了，因為此刻我真的跟透明人沒有區別，白素不跟我說話，不看我一眼，我就像不存在一樣。

難道我不小心**惹怒**她了？我細想自己剛才到底說過什麼或做過什麼得罪了她，不禁恍然大悟：「就是因為我說了你弟弟的**壞話**嗎？」

白素沒有回答。

「可我並不是針對他，我只是說出事實，讓張老頭明白這件事為何辦不到。」我心裏也有點氣，反問道：「那你說，我剛才有哪句話是誣衊你弟弟的？」

白素已迅速收拾好行裝，準備下樓去。

我自知剛才語氣重了，立刻轉用溫柔的語氣說：「我幫你拿吧。」

但白素避開了我的手，自行捧着行李箱**下樓去**。

她步出家門的時候，我保持溫柔的語氣說：「你現在就要出發嗎？我開車送你。」

只見她頭也不回，「**砰**」的一聲把門帶上。

這下我也**生氣**了，向着大門喊叫：「你太意氣用事了！不能因為同情那頭黑貓，就盲目去做一件明知沒可能辦到的事！」

聽到汽車遠去的聲音，我拿起了手機，猶豫了一會，又憤然把手機**摔**在沙發上，不打電話給她，決定參與她發起的這場**冷戰**！

接着的幾天裏，我**堅決**不聯絡白素。我找了不少朋友聊天打發時間，嘗試不去想她。

我拜訪那位暴發戶朋友，他臉上的傷已經好了，但留下一大道明顯的疤痕。只見他心情很好，再沒有怪責那頭貓。原來因為這道疤痕為他增添了神秘感和傳奇色彩，不少人以為他是軍人，幹過***驚天動地***的事，都對他肅然起敬。

我又去了老陳的家裏，探望老布。那一群守門狗依然非常「**熱情**」地「招呼」我，用力咬住我的腿不放，但我沒有吭半句，因為牠們咬我的痛楚，還不及白素留給我的十分之一。

「老布現在怎麼樣？」我問。

老陳便帶我去見老布，牠的傷已好得七七八八了，但好像失去了以前的**霸氣**，其他的狗都不怕接近牠，還跟牠一起玩。

「現在牠已經沒有以前那種霸氣了，卻多了**可愛**的一面，真不知道這是好事還是壞事。」老陳笑說。

我還約了傑美出來，向他交代案情。當然，張老頭拜託我不要告訴別人的事，我是絕對不會說的。所以我能說的並不多，大部分都是**自我創作**。

我說那大黑貓是一頭**極其兇猛**的貓，任何人或動物挑釁牠，都不會有好下場。在張老頭舊居發現的貓內臟，是他們搬家時有隻不知好歹的流浪貓誤闖進屋內，結果被那頭大黑貓擊殺分屍，張老頭匆匆忙忙**丟**了貓屍，卻不知道還有部分內臟留了下來。由於他怕黑貓會遭人道毀滅，所以才沒說出真相。

至於那不分日夜的**敲釘**聲，是因為屋裏的家具常被黑貓毀壞，張老頭天天忙着**修補**加固。

「你不是抓住了那黑貓嗎？」傑美突然想起了問。

原來他也看過我廣傳開去的訊息，我只好繼續發揮創意說：「牠斷尾的傷口突然受到感染，死去了。我已把牠還給張老頭**火化**，此事告一段落了。」

傑美信以為真，嘆了一口氣。

我不是有心騙他，只是我答應了不能說出真相，而且那個真相對誰來說都是太**震撼**了。

我做盡各種事情打發**時間**，總算忍住了沒有給白素電話，可是白素的忍耐力亦十分驚人，她也完全沒有給我電話，連半個短訊或電郵都沒有。

初時我還覺得她是故意跟我鬥氣，所以奉陪。可是過了一個星期、兩個星期、三個星期，她依然**音訊全無**，我便開始擔心起來了，終於忍不住先打電話給她，可是她的電話卻打不通。我馬上又打電話到她弟弟的公司，我說要找白素，但職員每次都很冷淡地拋下一句「**不在**」就掛掉了，我連追問的機會也沒有。

我愈來愈擔心，運用了各種關係，查出白素確實離境去了那個工業城所在的城市，我還查出了她在當地的住址，當下就立刻坐**飛機**去找她了。

我晚上抵埗，依着地址前往白素的臨時居所，發現屋裏沒有開燈，難道她已入睡了？我狂按**門鈴**，沒有人回應。我只好用我的開鎖技術，花半分鐘把門開了，走進屋內，卻發現裏面空無一人，看起來還好像已經許多天沒有人住過一樣。

我心裏大呼不妙：「**難道她出事了？**」

第十九章

借東風

我很擔心白素，不知道該去哪裏找她，我唯一知道和她有聯繫的地方，就只有其弟弟的工業城，於是我立刻坐車前往。

雖然已是深夜時分，但工業城裏仍然亮着少量的燈火，相信有小部分員工正在加班工作。

我走到大門跟門衛説：「請問白素小姐在嗎？」

那門衛愣了一愣，**上下打量**着我，然後説：「她不想見你，***走走走！***」

聽到他那樣説，我不禁鬆了一口氣，因為這表示白素沒有事，正在裏面加班工作，只是不想見到我而已。

「對不起，打擾了。」我識趣地**轉身**離開。

門衛見我那樣聽話，也感到十分意外。他卻不知道我只是假裝離去，轉過頭就已經爬外牆潛入去了。

工業城裏有零星的燈火，我循着這些燈火逐一尋找，當來到一個辦公室的門外時，看到門牌上寫着「資源控制部經理」，我突然有一種強烈的感覺，覺得白素就在裏面。

我敲了一下門，裏面回應：「誰？」

我一聽到這把熟悉的聲音，二話不説就推門進去了。

這時白素正在操作一台電腦機器，似乎是控制電源分配的。她一看到我闖進來，嚇得連忙按了幾下電腦按鈕，看她的神情好像在做什麼不可告人的壞事被我逮住了一樣。

當她看清楚是我的時候，才鬆了一口氣。而我就趁着她鬆一口氣之際，二話不說地上前擁抱着她。

可知道我們已經快一個月沒見過面了，我**緊緊**地抱着她，以防她把我推開。但我卻感覺到，她抱得比我還緊。

「對不起，我以後再不會說你弟弟的壞話了。他是個聰明能幹、慷慨大方、關心別人的大好人。」我實在是死性不改，表面是道歉認錯，卻**話中有骨**。

怎料白素說：「**我從頭到尾也沒怪過你。**」

這下我就**大惑不解**了，「那你為什麼完全不理睬我，半句話也不說就離我而去，又不給我電話，音訊全無？」

「我是故意的，就看看你會否來找我，現在證明我的判斷沒有錯，你果然是會來找我的。」白素微笑着說。

聽她的說法，這一切只是即興跟我鬥鬥氣而已，我實在哭笑不得，直接投降：「好吧，我認輸了。」

白素一直盯着我的臉，忽然說：「**你真的很像張老伯。**」

我這下真的來**火**了，激動地反駁：「我哪裏像他了？從任何角度都不可能相似！你是不是又想發起一場**冷戰**？」

白素卻笑而不語。

我們難得久別重逢，相處還不到十分鐘，白素居然趕我走：「你趕快回香港，然後設法安排張老伯和黑貓在月底前到這裏來，因為我的計劃就快成功了。」

我感到難以置信，連忙問：「是什麼辦法？怎麼會成功的？你弟弟那麼小器、吝嗇，**不可能**會答應的啊！」

白素睥睨着我，「你又說我弟弟壞話！」

我堆起笑臉，無言以對。

「我現在工作很忙，沒時間向你解釋了，待事情完結後，我自然會詳細告訴你。」白素一邊説，一邊推着我離開。

我只好照着辦，回到了香港。由於白素千叮萬囑，要我在月底前帶張老頭和黑貓去找她，絕不能遲到，於是我動用各種特殊關係，安排張老頭和黑貓快速辦好證件手續，飛往當地。

我們剛好在月底最後一天的晚上到埗，連忙前往工業城。只見今天晚上工業城內的燈火甚少，相信是白素刻意調動，盡量減少加班的人數。就連大門也沒有人站崗，我們很輕鬆地進入了工業城。

這時白素已等得非常着急，看見我們到了，才鬆一口氣說：「怎麼這麼遲啊？還以為你們趕不及呢！」

她連忙帶我們去一個倉庫，一步入倉庫，我們就被眼前的景象**嚇了一跳**，因為那是一個非常**宏偉巨大**的倉庫，裏面擺滿了準備出貨的產品。

而我看到了那些產品後，立刻恍然大悟：「我明白了！你弟弟現在生產汽車電池嗎？」

「嗯。」白素點點頭，「最近他又趕上潮流，全力開展汽車電池這項新業務。」

在那偌大的倉庫裏，擺滿了一排排待出貨的汽車電池，數量之龐大，可見其弟弟野心不小。

白素接着說：「我已經把它們全部充滿了電，它們所儲存的電力，相等於發電站**不分晝夜**運行十天所產生的電力總和。」

張老頭露出欣喜的笑容，「這表示，我不用花七天的時間，**只需要一下子**，就能得到足夠的電力去推動我那個裝置？」

「對的。」白素帶張老頭來到電力控制台，打開了一個安全罩，指着裏面的兩個端子説：「把裝置**接駁**到這裏，就能接通所有電池。」

張老頭**激動**得大力握住我們的手：「謝謝你們！真的非常謝謝你們！」

那頭老黑貓也激動得**全身**發抖。

我立刻又神氣地説：「別客氣，我不是説過一定能幫你解決困難的嗎？」

白素馬上睥睨着我，揶揄道：「你明明説這件事絕對辦不到。」

我尷尬地笑了笑，搭着白素的肩膀説：「就算我衛斯理辦不到，我聰明的太太也必定能辦到。」

張老頭已拿出了那個八角形盤子，但此時此刻，我不得不攔住張老頭，提出最後的**?疑問?**：「他回去後，他和他的同伴會不會再來**侵略**地球？」

這是我一直擔心的事情。老黑貓抬頭望向我，堅決而誠懇地搖了搖頭。

「放心，他們不會再來。」張老頭也誠懇地説。

雖然空口説一句不能保證什麼，但我選擇**相信**。

我退後了一步，和白素一起等待着張老頭把裝置接通電源，將老黑貓體內的「**靈魂**」送回原來的地方去。

可是這時到張老頭有點猶豫了，他開口説：「很感謝你們的幫忙，但最後還有一個請求，就是他希望靜靜地回去，不想有別人看着他，希望你們能體諒，為他保留小小的**私隱**。」

這個請求實在難以理解，那有什麼私隱可言的？就如我坐飛機回家，別人來送機，這會侵犯了我的私隱嗎？有那麼嚴重嗎？**太荒謬了！**

我等了那麼久，等的就是今天，要看看那個八角形裝置怎樣把一頭貓體內的靈魂**分 離**，然後送到外太空去。

我正想反駁張老頭的時候，白素卻捂住我的嘴，對張老頭說：「好的，我們尊重他的私隱。」

白素說完便拉着我離開倉庫，我**急得幾乎要跺腳**，但最後還是嘆了一口氣，牽着白素的手，一起慢慢步出工業城。

未幾，四周夜空忽然閃了一下**強光**，我們知道強光是從倉庫裏發出的，相信「他」已經離開地球，回到原來的地方去了。

第二十章

張老頭的來歷

那天之後，連張老頭也**不知所終**了。

我感到非常奇怪，他把那外來者送走後，自己去了哪裏呢？為什麼不再聯絡我們？

「他這麼大個人，還需要我們擔心嗎？」白素出奇地淡定，還訂了機票與我回港。

在飛機上，我**急不及待**地問她：「現在你可以詳細向我解釋之前的行動了吧？」

她笑了一笑，娓娓道來。

原來當日她去找弟弟時，假稱與我吵架了，要暫時投靠弟弟那裏治療情傷，並願意以一折支薪幫其工廠做臨時工，只求食宿，以她弟弟的性格，當然是答應了。

「好**狡猾**啊！」我大表不滿，「難怪我打電話到你弟弟的公司找你時，職員對我的態度都很差，一定是你把我説得很**壞**很**壞**，使他們把我當成一個很差勁的丈夫！」

白素笑了笑，繼續講解：「我進入公司工作後，每天都趁着工廠停轉的時候把電力偷偷充進電池裏。單從工廠的發電站取電還不夠，我也從收費電網取電。要**神不知鬼不覺**地把所有電池充滿，需要極大的耐性，所以我得花很長時間，慢慢**充電**。而那些電池剛好本月一號要付運了，所以我才催促你們上月底前一定要來到。」

真相大白了，我嘆了一口氣，「我辦不到的事，結果你辦到了。你真聰明，我自愧不如。」

「我也是記起弟弟的公司好像轉型生產汽車電池了，才想到這個辦法。」

「還叫弟弟？」我笑言，「當他收到電費帳單的時候，恐怕會跟你**脫離**姐弟關係了。」

「**哈哈**。」白素開朗地笑了一聲，「估計是。」

回港後不久，我們收到了張老頭寄來的郵包。

那是一個大木箱，約有兩呎長，一呎厚，一呎寬，說得難聽一點，簡直像是一口**小棺材**。

我們打開那木箱，箱裏放着的，赫然就是那頭大黑貓！

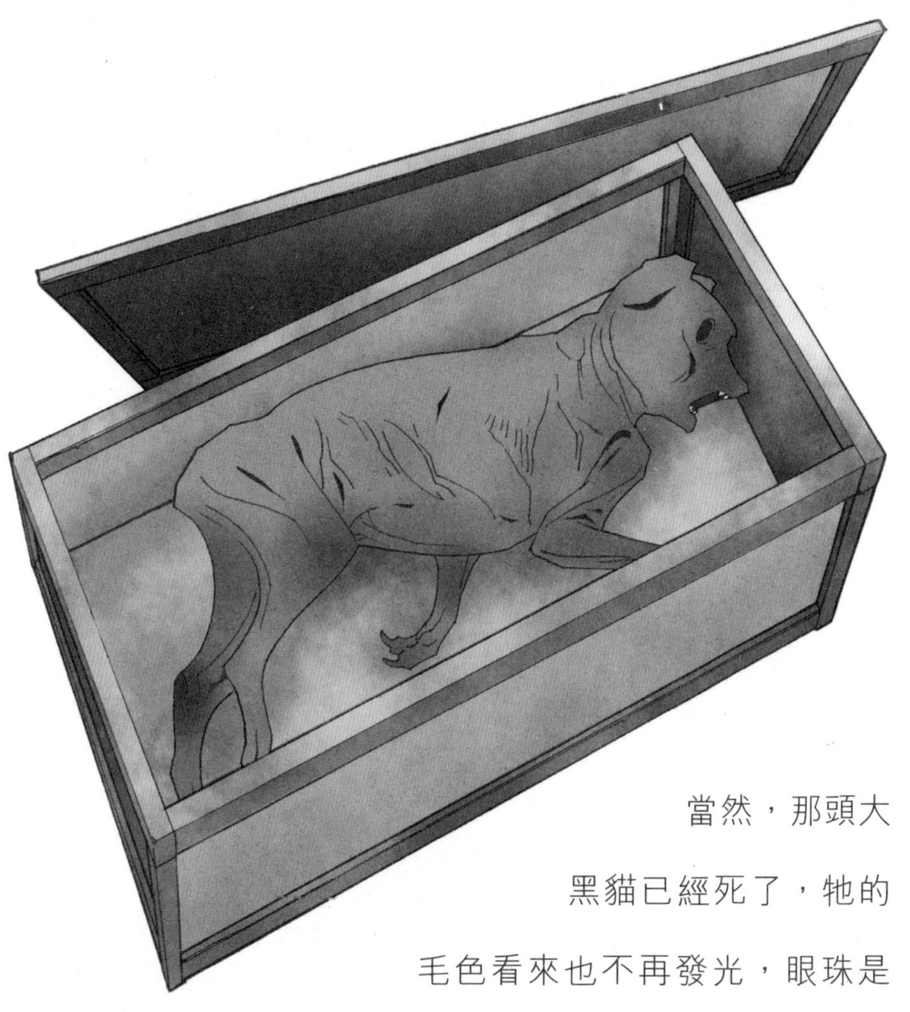

當然，那頭大
黑貓已經死了，牠的
毛色看來也不再發光，眼珠是
灰白色的，我們將牠取了出來，那不是
標本，簡直已是一塊**化石**！

我望着白素，白素吁了一口氣，「他成功走了，只留下一個**軀殼**。你看，這具臭皮囊多活了三千年，可是生命的意義並不在軀體上。」

「**有一封信！**」我在箱子裏面發現了一封信。

信自然也是張老頭寫的，我們連忙拆開來看，信的內容是:

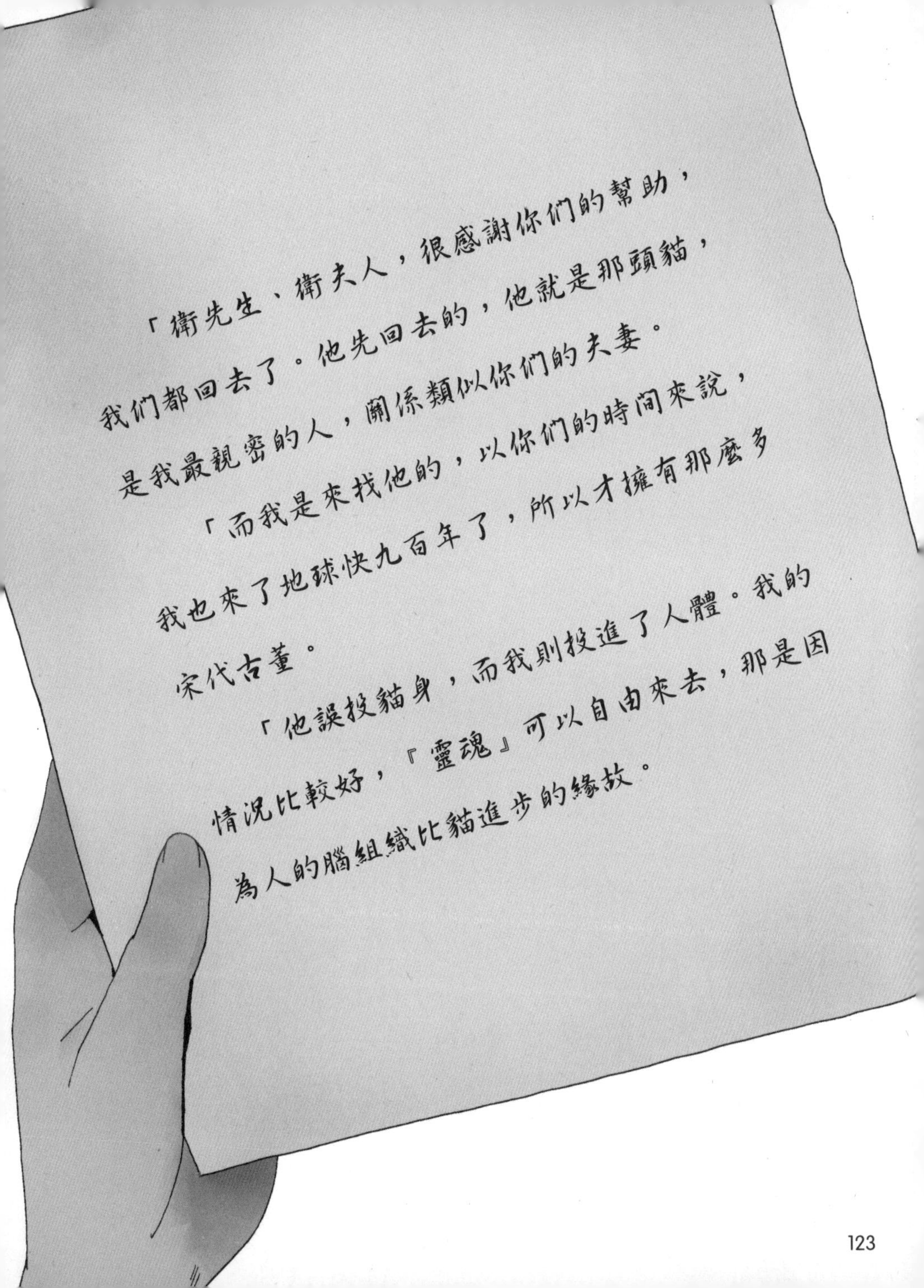

「衛先生、衛夫人，很感謝你們的幫助，我們都回去了。他先回去的，他就是那頭貓，是我最親密的人，關係類似你們的夫妻。

「而我是來找他的，以你們的時間來說，我也來了地球快九百年了，所以才擁有那麼多宋代古董。

「他誤投貓身，而我則投進了人體。我的情況比較好，『靈魂』可以自由來去，那是因為人的腦組織比貓進步的緣故。

「我向你們寄出他留下的貓軀殼和這封信後，便會找一個很隱蔽的地方，放下我寄居了很久的這副軀殼——如果被人發現，那將是一具不可思議的乾屍。

「衛先生可記得我的保證，我們不會再來？那是因為我曾投進人身，不客氣地說，地球人太落後了，在我們看來，和貓沒有什麼分別，我們沒理由放棄自己的地方到地球來，就像地球人沒理由放棄現在的生活，回到穴居時代一樣。再見了，再三多謝你們。」

「**原來張老頭也是……**」我讀完那封信，**驚訝**得幾乎說不出話。

我忽然記起當日去工業城找白素時，她說我很像張老頭的那句話。此時我看看白素的反應，發現她讀完那封信後，居然沒有流露半絲的驚愕，我便恍然大悟了。

「原來你早就看出張老頭和黑貓之間的關係。」我說。

「嗯。」白素點點頭，「女人對這方面的觸覺比較**敏銳**，我早就看出他們的關係跟我們很像。為了證實這一點，我便做了一個小小的實驗。」

「所以你故意離我而去，一去不返，看看我會不會拚命去找你。這個實驗一點也不算小啊！」我抗議道。

「結果你來找我了，這跟張老頭來地球找黑貓不是同一個道理嗎？」白素笑說：「這證實我的推斷沒錯。他們的關係，就正如我們的關係。雖然來自不同星球，但生物的情感，畢竟還是大同小異呢。」

「確實是。」我也微笑着說。

這就是我遇到過，與貓有關的最奇異有趣的經歷了。如果那位天外來客投進的不是貓身，而是人身，結局又會變成怎樣呢？

每次想起地球差點就被外星人侵佔了，都覺得險過剃頭。我們真應該感謝那頭黑貓，因為是牠拯救了我們地球啊。

案件調查輔助檔案

飢腸轆轆

此時，安眠藥的藥力漸漸消退，老黑貓緩緩醒來，**飢腸轆轆**地拚命吃着白素給牠的貓糧，狀甚可憐。

意思：即是十分飢餓的意思，是形容肚子餓時發出的聲音，餓得咕咕直響。

一針見血

白素的話總是**一針見血**，但我卻不認為放黑貓出來是個明智的決定。

意思：多數比喻説話直截了當，切中要害。

語無倫次

我想張老頭一定是神經太緊張，説話才會變得**語無倫次**。

意思：指説話沒有順序邏輯，話説得很亂，沒有條理。

睥睨

白素**睥睨**着我，「你又説我弟弟壞話！」

意思：指斜着眼睛看人，有輕視或不服氣的意思。

衛斯理系列少年版

老貓（下）

作　　者：衛斯理（倪匡）
文字整理：耿啟文
繪　　畫：余遠鍠
出版經理：林瑞芳
責任編輯：蔡靜賢
封面設計：Chili
美術設計：BeHi The Scene
出　　版：明窗出版社
發　　行：明報出版社有限公司
　　　　　香港柴灣嘉業街 18 號
　　　　　明報工業中心 A 座 15 樓
電　　話：2595 3215
傳　　真：2898 2646
網　　址：http://books.mingpao.com/
電子郵箱：mpp@mingpao.com
版　　次：二〇一八年十月初版
　　　　　二〇一九年六月第二版
　　　　　二〇一九年七月第三版
I S B N：978-988-8525-13-3
承　　印：美雅印刷製本有限公司